무엇으로부터 위로받으세요?

무엇으로부터 위로받으세요?

장동원

들어가며

사람들은 나이가 들어가면 무언가 메말라 간다는 말을 종종 하곤 한다. 그러니까, 감정이 메말라 간다든지, 표현이 메말라 간다든지 하는 것들 말이다. 그래서 사람은 시간이 지날수록 무언가를 표현하는 것도, 즐거움을 느끼는 것도, 가슴 뛰는 일을 겪는 것도 점점 줄어들게 되는 것 같다.

지금 생각해 보면 과거의 나 또한 그렇게 메말라 가고 있었는데, 사진을 찍기 시작한 이후부터는 작은 것들에 감동하기 시작했다. 예를 들어 누구에게는 대수롭지 않게 넘길 수 있는 좋은 날씨와 진한 노을, 계절이 주는 색, 우연찮게 들어가게 된 예쁜 골목길 같은 소소한 것들에도 아이가 된 것처럼 신나게 하루를 보낼 수 있게 되었다. 이런 것들이 사진이 주는 행복인듯싶다.

Contents

1. 한국

빠르게 걷는 걸음을 잠시 멈춰 바라본다면 하루의 일과처럼 무심하게 지나치는 노을도 커다란 위로가 될 수 있어요.

해가 다 지고 난 후 바라본 광안대교

계절에는 말로 표현하거나 글로 담아낼 수 없는 분명한 그 향기가 있다.

여름 오후 8시, 성수대교 풍경

해가 기울어 노을이 지는 시간이 되면 모든 것이 차분하게 가라앉는 듯한 느낌이 든다. 들뜨고 온갖 감정으로 복잡하던 마음도, 미워하던 사람의 얼굴도 까맣게 잊게 된다.

당산철교 위에 뜬 달. 기차랑 아주 잘어울렀다.

양화대교에서 반대편을 바라보면 한강 위를 달리는 지하철을 볼 수 있다. 그냥 그렇구나 생각하면서도 계속해서 보고 있으면 감탄하게 된다. 한강 위로 열차가 달리다니 너무 멋있다.

한겨울 오후 5시 즈음, 성수 구름다리

오후가 훌쩍 넘은 시간에도 멍하니 바라보며 이야기 나눌 수 있는 그런 계절.

나는 그런 계절이 너무 좋다.

예쁜 것들을 꾹꾹 눌러 담아 하늘에 펼쳐놓은
것 같아. 그중에는 위로도 있어.

늦여름 오후 6시, 선유교에서 바라본 양화대교

한남대교 버스정류장에서

아주 추웠던 겨울날, 성수동의 퇴근하는 자동차들

어느 한 여름날 한강대교에서 바라본 풍경

우리 집에서 한강은 30~40분 거리에 위치해 있기 때문에 어렵지 않게 갈 수 있다. 마음이 답답할 때면 이곳에 와서 줄곧 사진을 찍는데, 자주 드나들다 보면 그렇게 아름답지도, 커다란 감흥을 주지도 않는다. 그러다 아주 오랜만에 한강에 오거나 아주 좋은 날씨에 좋아하는 사람과 함께 이곳을 찾으면 내 주변에 참 아름다운 것들이 많구나라는 생각을 하게 된다.

평범한 하루, 난 그걸로 충분해.

꽁꽁 얼었던 잠원 한강공원의 풍경

경리단길 초입에 있는 육교에서, 이 육교에서 보는 남산타워는 아주 예쁘다.

오후 7시, 경리단길에서 바라본 남산타워

한강을 가면 여러 사람들이 눈에 띈다. 손을 잡고 한강을 걷는 연인들, 놀러 나
온 가족들, 혼자서 음악을 듣는 사람들, 그런 사람들 위로 좋은 날씨에 예쁜 노
을이 질 때면 그 평범한 풍경이 그림처럼 느껴진다.

서울에서 쉽게 자전거를 빌리고 반납할 수 있는 '따릉이'라는 것이 있다. 요즘엔 하늘이 맑고 미세먼지가 없는 날, 서울 이곳저곳에 있는 따릉이를 타고 여러 곳을 돌아다니는 게 일상이다. 그러다 보니 요즘은 틈만 나면 자전거를 타고 있다. 사실 나는 자전거를 별로 좋아하지 않는다고 생각하며 살고 있었는데, 자전거를 꺼내고 집어넣는 것이 불편하고 귀찮아서 안 좋아하는 것 같았다. 그치만 요즘은 예쁜 날씨에 사진을 찍으러 한강에 오는 일이 잦아들면서, 자전거를 타면 장점이 참 많다는 것을 느꼈다. 예를들면 내가 원하는 곳을 빨리 갈 수 있다는 장점도 있겠지만, 자전거를 좋아하는 가장 큰 이유는 걸어 다닐 때 보다 더 많은 것을 볼 수 있기 때문이다. 가끔씩 한강 둔치를 달리다 보면 자전거로만 들어갈 수 있는 곳이 있다든지, 빠르게 지나치는 풍경을 보면 가만히 앉아있을 때보다 더 예쁘게 풍경이 보일 때도 있다. 이런 작은 순간들을 마주하면 영화의 한 장면에 들어와있는 것 같아서 기분이 참 좋아진다.

그림으로 그려놓은 것 같았던 ktx 창문

나는 오늘 위로를 받았다.

가장 짙은 색으로.

양화대교를 건너며 구경했던 노을 풍경

긍정적인 생각

비 오는 날을 정말 싫어하는데, 그래도 사람이 좀 긍정적으로 살 필요가 있다 싶어서 어느 날은 비 오는 날의 장점을 찾아보기로 했다. 보통 나는 낮보다는 밤, 그리고 밝은 것보다는 어두운 것, 흰색보다는 검은색을 좋아하는데, 비가 오는 날은 왠지 하늘이 어두워서일까. 밤이 빨리 찾아오는 것 같은 느낌이 든다. 어두침침한 날씨가 점심부터 시작되는 것이 너무 좋다. 마치 밤이 길어진 것 같은 느낌이 들곤 한다.

이런 날씨엔 콕 틀어박혀 이불 안에서 재미있는 영화를 보며 잠드는 것. 그런 것들이 나에게 즐거움을 가져다준다. 마냥 싫은 것 같은 날씨 속에서 내가 좋아하는 것들이 생겨나는 것 같아서 가끔 비가 오는 날이 기다려지기도 한다.

목동 어느 동네에서 만났던 비행기, 정말 아름다웠다.

밤이 돼서 풍경이 좋은 한강에 가면 반짝이는 아파트 불빛
들과 수많은 거리의 불빛들이 별처럼 보일 때가 있다.

평소 하늘을 올려다보며 달을 찾는걸 좋아한다.

모든 사람들이 알고 있겠지만, 달은 여러 가지 모양을 갖고 있다. 어떨 때는 손톱과 비슷하다고 해서 손톱달, 절반만 보이면 반달, 가장 큰 달은 보름달이라고 한다. 보통 우리가 살아가면서 달을 볼 기회가 별로 없다고 생각하지만, 매일 하늘을 올려다보면 생각보다 달은 하늘에 자주 떠있다는 걸 알게 된다. 물론 기상상태에 따라 달의 모양은 조금 달라지고 흐릿할 때가 있겠지만, 그것들을 살펴보고 기억하는 것 또한 재미있다. 이렇게 우리 주변에서 일어나는 현상들을 자주 관찰하는 버릇을 키우다 보면 어느 순간 내 삶이 풍요로워진다는 느낌을 받는다.

사진을 찍기 시작한 이후로 구름을 자주 보게 되는 것 같다. 단순히 고개를 들고 보면
되는데 평소에는 참 안 보게 된다. 보다 보면 매일 다른 형태의 다른 색을 지닌 구름들
이 지나가는 하늘을 볼 수 있는데. 재미있는 구름 중에서도 어떨 때는 세상에 이렇게 아
름다운 것이 있나 싶은 구름도 만나게 된다.

잠수교로 구름이 덮쳐오는 것 같이 보였다.

좋은 날씨에 한강에 가면 여러 가지 모양의 구름이 떠다닌다. 그 구름들이 이런 모양이냐
저런 모양이냐 떠들고 이야기를 나누며 시간을 보내는 것도 꽤나 즐겁다.

반포 한강공원 잠수교에서 만났던 구름. 구름까지만 노을빛이 비쳐주고 있었다.

가끔 독특한 모양의 구름을 찾으면
오늘은 운이 좋다는 생각을 한다.

사진을 찍으면서 느끼는 것 중 하나는 일 년에 두 번 정도 구름이 정말 예쁜 날이 있다.(정해진 것처럼) 무더운 여름이 끝나는 딱 그 시기에! 이제 태풍이 오냐 마냐 이런 문제로 뉴스가 시끌벅적할 때, 그때쯤 매년 구름이 정말 예쁠 때가 있다. 이 사진에 있는 구름도 그런 구름 중 하나인데, 구름이 너무 둥글둥글하고 예뻐서 하루 종일 구름만 찍었던 날이었다. 거창한 사진은 아니고, 고등학교 동갑내기 친구와 함께 잠수교 아래를 왔다 갔다 하면서 이렇게 찍으면 예쁠까, 저렇게 찍으면 예쁠까 하는 이런저런 대화를 하고, 수많은 사진을 찍으며 하루를 보냈다. 다 큰 어른 둘이서 구름 하나로 하루를 들뜬 듯이 보낼 수 있다니! 어린아이라도 된 것 같은 기분이 들었다. 저녁이 되니까 온 풍경은 어두워졌고, 마지막에는 구름 부분에만 노을빛이 닿고 있었다. 전부 어두워진 상태에서 구름에만 노을빛이 스며들어 있다니! 정말 글로 설명하기에도 어려운 풍경을 사진에 담았다. 이 사진 하나로 일 년 치 운은 다 쓴 것처럼 느껴진다.

때로는 어두운 구름도 만나게 된다.

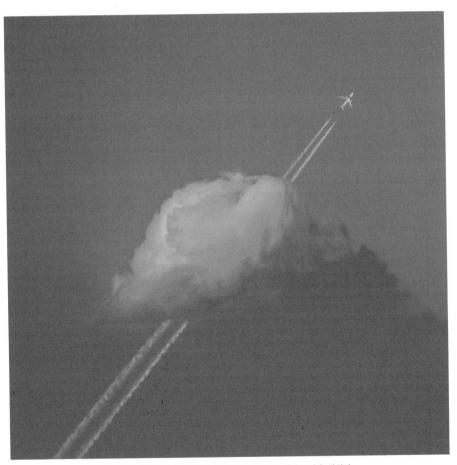

인도네시아에서 만난 비행기와 반포 한강공원에서 만난 구름을 합쳤다.

광명시 어딘가에서 만난 비행기, 구름으로 들어가려는 것 처럼 보였다.

좋아하는 구름과 좋아하는 거울을 합쳐보았다.

작년, 교토로 가던 비행기

비행기를 탈 때 창가 자리에 앉는다는 것.

창가에 앉는 것은 싫어하지만, 바깥 풍경 사진을 찍는 것을 참 좋아한다. 몇십 분 동안이나 창가 밖을 마구잡이로 찍다 보면 운이 좋은 날엔 예쁜 하늘과 예쁜 구름으로 채워진 멋진 창가를 담을 수 있는데, 그런 날엔 하루 종일 기분이 좋아진다.

강남에서 만났던 커다란 달. 눈이 휘둥그레질 정도의 달이었다.

남산타위에 올라 찍었던 풍경, 별거 아닌데 참 예뻐보였다.

좋아하는 것이 많은 사람은 사소한 것에 행복을 느끼는 사람이고, 사소한 것에 만족하는 사람이 되는 것 같다. 좋아하는 것이 많은 사람이 되는 방법은 생각보다 간단하다. 일단 내가 좋아하는 것이 무엇인지 구체적으로 아는 것이 시작이다. 내가 좋아하는 시간, 계절, 날짜, 특정 순간 같은 것들을 아주 세세히 하나씩 적어나가 보면 생각보다 많은 것들이 나올 것이다. 그리고 나중에 우연찮게 그런 순간을 다시 만나면 엄청난 선물을 받은 것처럼 행복해지곤 한다.

올림픽공원에서 만났던 선명했던 달

감천 문화마을에서 사진 찍던 날

쌀쌀한 가을이 되어 긴 팔을 꺼내 입고 거리를 나섰다.
가을이 주는 색과 향기 그리고 온도들이 온 몸을 감싸고 돌았다.

사진을 찍게 되면 작은 것에 감사하게 된다. 예를 들면
예쁜 노을이 지는 날에는 어린아이처럼 이곳저곳을 기
뻐하며 방방 뛰어다니고, 아주 맑은 하늘에 예쁜 반달이
라도 뜨면 달을 처음 본 것처럼 친구들에게 이것 좀 봐!
하면서 호들갑을 떨게 된다. 그런 작은 것을 발견한 뒤
사진에 담게 되면 하루가 끝날 즈음에는 "오늘 예쁜 거
많이 담았네!"라고 생각하고 만족해하며 집에 돌아온
다. 그리고 아주 행복한 하루를 보낸 것처럼 그날이 진
하게 기억에 남곤 한다.

봄과 가을은 비슷한 점이 많다.

일단 쌀쌀한 것 같으면서도 적당한 온도가 비슷하고, 길거리에는 많은 꽃들이 피어있다. 그래서 가을이 되면 지난봄을 만난 것 같은 기분이 든다. 그럴 때면 지난봄에 만났던 사람들과 그때 느꼈던 여러 가지 감정들이 맘속에 떠오른다.

함덕 해수욕장에 있던 야자수

협재 바다의 끝부분

하늘 공원, 노을 구경하는 사람들

하늘공원에서 혜진이랑

길을 잃어서 한참을 걷다 도착한 함정의 비밀장소

가을이 되면 느껴지는 그 선선한 기분이 좋다.

하늘은 맑고, 아주 조금 겨울 냄새가 나기 시작하고. 그러면서 낙엽은 돌돌 굴러다니고. 몇 시간 동안 걸어도 땀 한 방울 나지 않고 지치지 않는 그런 기분들이 참 좋다.

선유도 공원에 가면 멋진 풍경 하나를 볼 수 있다. 바로 선
유교에서 바라본 양화대교의 풍경인데, 이곳은 선유도 공
원에 놀러 온 연인들이나 가족들이라면 한 번쯤은 사진을
찍는 곳이다. 나도 이곳을 정말 자주 찾는 편이다. 이곳은
늘 똑같은 모습이어도 여러 가지 날씨가 있어 늘 새로운 풍
경처럼 느껴진다. 어느 날은 흐리고, 어느 날엔 예쁜 노을
이 지기도 한다. 그래서 아주 먼 곳으로 오랜 시간 여행을
다녀온 뒤 이곳 선유도에 찾아오면 마치 집에 온 것 같은
느낌이 든다.

아주아주 추웠던 날 혼자서 달리던 자전거, 정말 추웠다.

계절이 변한 것만으로도
거리가 색으로 가득 차오르는 것만으로도
나에겐 커다란 위로이다.

여름의 선유로에서 바라본 풍경

따뜻했던 벽천마당의 겨울풍경

예쁜 노을이 지는 날에는 특별히 무언가를 하지 않아도 괜찮다.
평범해 보이는 동네 풍경 조차도 특별해지기 때문이다.

시간이 지날수록 대단한 것보다는 평범한 것들이 좋아진다.
이를테면 좋은 날씨에 좋아하는 사람과 길을 걷거나 하루 일
과를 꾸밈없이 이야기하는 것 같은 거 말이다.

좋은 날씨에 좋아하는 사람과 손을 잡고 예쁜 하늘을 보고 있으면,
평소 대단하다고 생각했던 것들이 시시하게끔 느껴진다.

예전에 그런 일이 있었다.

내가 어렸을 때, 한 중학교 1~2학년 때쯤이었나, 그때는 내가 어른이 되면 엄청난 부자가 되거나, 유명한 사람이 될 거라 생각하고 살았었다. 물론, 누구나 그런 생각들을 한 번쯤 해본 적 있었겠지만, 그런 기대들이 나에게는 남보다 더 컸다. 그리고 다른 사람을 부러워하는 일이 많아서인지, 가끔씩 친구들에게 이런저런 좋은 일이 생겼을 때, 혹은 엄청나게 잘 된 친구들을 먼 훗날 만났을 때, 진심으로 축하해주지 못한 일이 많았다.

그러다 보니 어느 순간 내가 갖고 있는 것보다 가지지 못한 것들만 보며 살아가고 있구나라고 느껴졌다. 뭐랄까, 뭘 쥐고 있어도, 누리고 있어도 행복하지 못한 채 늘 무언가를 바라며 살고 있었다. 그래서 왜 이렇게 힘들까? 그렇게 사는 게 힘들까? 이런 생각을 하면서도 이것들이 줄곧 나를 더 열심히 살게끔 만드는 원동력이라고 생각하며 살았었던 것 같다. 그런데 어느 날 서른 살이 되었을 때, 다른 사람들은 참 좋은 시간이라고 입이 닳도록 말하는 멋진 20대가 내게는 갑자기 사라진 것 같은 막연한 느낌을 받은 적이 있었다. 그때 잠깐 깨달은 것은 정작 좋은 것들은 그 시간 안에 담겨있다는 걸 알게 되었다. 내가 가지지 못한 것들을 가지려 아등바등하는 것보다 지금 흘러가는 시간 속의 재미난 것들을 찾아보는 게 더 가치 있다고 생각했다.

예를 들면 좋아하는 사람과 맛있는 음식을 먹으며 손뼉을 친다든지, 친구들과 만나 의미 없는 시시콜콜한 이야기를 나누며 하루를 보낸다든지, 가끔은 갖고 싶었던 작은 것들을 산다든지 하는 행동 말이다. 어쨌거나 요즘은 이러한 것들에 초점을 맞춰 생활하고 있다. 그러다 보니 어느 순간 나에게 큰 것이 필요 없다 생각되기도 하고 즐거운 것들을 나의 주변에서 많이 발견했다. 괜히 요즘은 기분이 가벼운 것이 이 때문이기도 하다.

어렸을 때, 그러니까 초등학교나 유치원생 즈음에는 무언가를 하더라도 빨리빨리 하는 것에 관심이 많았다. 밥을 먹을 때도 빨리빨리 먹고, 일을 처리할 때도 빠르게 하지 못하면 열불이 터져 내 자신을 힘들게 했다. 이 습관은 아주 어릴 때부터 20살까지 이어지곤 했다. 그런데 최근! 서른이 가까워지고 한가지 깨달은 게 있다. 내가 사람들 앞에서 어떤 말을 할 기회가 있었는데, 일반적인 사람보다 말을 빨리한다는 친구의 충고를 들은 적이 있다. 그래서 어느 날은 녹음기를 켜놓고 평소 나의 말투와 느긋하게 말하는 것을 비교해서 들어본 적 있다. 여기서 재미있는 것은 빨리하는 말들을 녹음했을 때와 천천히 말했을 때를 녹음한 때의 시간은 그다지 큰 차이가 나지 않는다는 것을 발견했다.

천천히 말하면 약 두 배 정도 시간이 차이 날 거라 생각했지만, 예상외로 둘의 차이는 5~10분 정도로, 큰 차이가 없었다. 그때부터 무언가를 빨리빨리 하는 것이 그다지 효과적이지 않고 말을 빨리하는 것은, 내가 생각하는 것보다 상대방에게 빠르게 전달할 수 없다는 것을 깨달았다. 물론 빨리 말하면 내가 하고자 하는 말을 빨리 끝낼 수는 있겠지. 하지만 그뿐이다. 천천히 말하면, 듣는 사람에게 내가 하고 싶은 말의 전달이 수월하고 듣는 사람도 급하지 않게 들을 수 있어서 피곤하지 않으며 이해 또한 빠를 것이다. 쉽게 말하자면, 말을 할 때 빨리 하는 것보다 천천히 말하는 게 더욱 내 생각을 정확하고 빨리 전달할 수 있다.

별거 아닌 이것을 깨달았을 때, 나는 무언가를 빨리빨리 하는 습관들은 전혀 관심을 가지지 않게 되었고 느리지만, 정확히 하는 것들을 더 연습하기 시작했다. 그러다 보니 요리도 더 늘게 되고 말하는 솜씨도 더 좋아지게 되었다.

감천 문화마을의 저녁

아주 더웠던 고속 터미널 역 어느 동네에서. 구름이 너무 예뻤다.

오늘은 날씨가 맑고 바람이 선선했다. 며칠간 기분이 좋지 않았는데, 맑은 하늘과 시원한 바람 때문에 기분이 좋아졌다. 가끔씩 기분이 좋지 않거나 힘든 일이 있을 땐 특별히 무언가 하지 않아도 괜찮은 것 같다. 맑은 날씨에 거리를 걷고, 목이 마르면 슈퍼에 들어가 작은 음료수 한 캔을 사고 배고프면 먹게 되는 밥 한 그릇이면 그날은 그걸로 충분하다.

요즘은 부쩍 이런 생각을 한다. 좋아하는 것이 많다면 내가 돈이 많은 것처럼 행복한 사람이 되는 것 같다. 가끔씩 나의 어린 시절을 돌이켜보면 매사에 불평불만도 많았고 여러 일들에 만족하지 못했던 사람이었던 것 같다. 그런데 사진을 취미로 접하고 난 뒤에는 좋은 날씨나 바람에도 매우 행복해지고, 별것 아닌 일이나 순간들이 특별한 것처럼 느껴지곤 했다. 그러다 보니 다른 사람이 나에게 "혹시 좋아하는 게 뭐예요?"라고 물어보면 아마 백 가지도 넘게 대답할 수 있을 것 같다.

계절의 변화를 살펴보는 것들이 재미있다. 예를 들어 가을이 되면 살랑살랑 흔들리는 억새부터 거리에 보이는 갈색 옷들과 바닥에 굴러다니는 낙엽 같은 것들. 이런 계절에서 나오는 특징들을 1년 사계절 동안 평소보다 조금 더 깊게 기억해 두면, 어느샌가 다가올 계절들이 그리워지게 된다. 그리고 어떠한 계절이든 아주 아름답게 기억된다.

아주 쌀쌀했던 날 반포대교 유채꽃 아래에서

좋은 날씨에 좋은 풍경 앞에 서 있으면 근사
한 그림을 보는 것 같은 기분이 든다.

때로는 좋은 날씨가 사람의 마음을 크게 움직인다.
걱정했던 일들이 별일 아니구나라고 생각되기도 하고 하지 못했던 일들에 용기를 내기도 한다.

만화같이 똘똘 뭉쳐진 구름을 만났던 날, 집에서부터
몇 시간을 구름 따라 걸어 다녔다.

반포 한강공원에서 만났던 예쁜 구름

내가 좋아하는 여름이 되면

최대한 많은 것을 누리기 위해 이른 아침부터 늦은 오후까지 정처 없이 이
곳저곳을 걸어 다니며 사진을 찍는다. 이것은 여름을 온몸으로 느끼는 나
만의 특별한 방법이다. 물론 몹시 더운 날씨에는 미간이 찌푸려질 수는 있
겠지만, 그런 것도 나름 괜찮은 기억으로 남는다.

남대문에서 남산 길을 걷다 보면 보이는 풍경. 남산타워가 가장 예쁘게 보이는 곳이기도 하다.

뭉게구름, 선유도에서

날씨가 맑은 날이면
모든 것이 특별해진다.

별생각 없이 하루 종일 걸어 다니거나 맛있
는 것을 먹거나 재미있는 영화를 보거나 이
런 일상적인 것들을 할 때, 그저 날씨가 맑은
날이면 나에겐 모든 것이 특별해진다.

어느 순간 횡단보도를 걷는 사람들이 재미있어 보였다. 모두 다 함께 기다렸다 초록불이 뜨면 일제히 건너는 모습이 뭔가 귀여워 보이기까지.

봄이라는 계절

봄이라는 계절은 그 이름만으로도 참 설레는 것 같다. 보통 3월 말에서 4월이 되면 음악 차트는 벚꽃에 관한 노래들로 줄을 세우고, 4월 초 즈음에는 이제 봄이 왔다는 말과 함께 그 해의 벚꽃 개화 시기를 뉴스에서 방송하곤 한다. 그럴 때 즈음이면 나는 참 두근거린다. 봄이 오고 꽃이 피는 것도 그렇지만, 옷이 얇아지고, 말랑말랑해진 공기가 나를 감싸는 듯한 느낌이 나서 설레고, 하루가 몇십 분 길어진 것 같은 느낌에도 좋아하는 사람과 봄에 관한 이야기를 가지고 오랫동안 설레발을 떨면서 이야기하곤 한다. 그러면서 4월에는 어딜 가자! 5월에는 어딜 가야지! 하는 가벼운 약속도 하게 된다. 물론 지켜지는 일은 별로 없는 그저 기분 따라 나온 말들뿐이지만, 이 모든 것들은 아주 자연스러운 나만의 봄 현상 중 하나이다. 그래서 그즈음이 되면 봄에 관한 책, 영화, 음악 등을 끼고 살며 한 해의 첫 번째 계절이나 다름없는 봄을 맞을 준비를 한다. 그 시간들이 1년 중 가장 두근거린다.

징독 도시권에 있는 벚꽃나무, 봄이 되면 이 나무를 매번 찍는다.

비가 다 그쳤는데도 우산을 쓰고 있던 서울숲의 귀여운 아가

해방촌의 노을 풍경

해방촌은 언덕 위에 집들이 여럿 모여있고 여러 가지 골목길과 언덕들이 곳곳에 숨어있는 마을이다. 그래서 처음 보는 골목들과 언덕들이 이곳저곳 숨어 있는데, 예쁜 골목이나 거리를 발견하면 '어 이런 곳도 있었네.' 하며 신기한 눈을 하고 돌아다니게 된다. 이곳은 집과 집의 사이가 생각보다 너무 가까워 정말 사람 사는 곳이구나 하는 따듯한 느낌이 들기도 하고, 예쁜 가게를 보면 오늘은 운 좋게 예쁜 가게를 찾았다는 마음까지 들기도 한다. 그런 해방촌을 걷고 있으면 귀여운 마을에 와있는 기분도 들고, 어딘가로 모험을 떠나는 그런 귀여운 생각을 하게 되기도 한다. 그래서 해방촌의 동네들을 참 좋아한다. 따듯하기도 하고 신기하기도 궁금하기도 한 그런 곳이다.

정오 시간에 내리쬐는 햇살보다 해가 지기 2~3시간 전 따듯한 빛이 더 좋다. 그때의 햇살은 뭔가 부드럽고, 노란색 빛으로 변해서 이곳저곳을 돌아볼 때면 가끔 별거 아닌 사람이나 건물 벽 같은 것들이 영화 같아 보이기도 한다.

지하철에서 바라본 서울 풍경

어렸을 때부터 한강이나 한강 주변의 풍경들은 지하철이나 자동차를 타면 지겹게 볼 수 있는 풍경이었기 때문에 예쁘다는 생각을 한 적이 없었던 것 같다. 그래서 어린 시절엔 내 주변엔 그다지 아름다운 풍경이 없다고 생각하며 살았다. 하지만 20대 초반 첫 해외여행을 떠났을 때, 다른 나라의 강들은 생각보다는 작았고, 색 또한 내가 기대한 것만큼 예쁘지 않아서 실망했던 기억이 있다. 그리고 여행에서 한국으로 돌아왔을 때 바다처럼 파란 빛을 띠는 커다란 한강이 아주 예쁜 것이었다는 것을 처음 깨달았다. 아름다운 것들을 보고자 떠났던 여행이었는데. 여행은 내가 지내고 있는 곳의 아름다움을 깨닫게 해주었다.

관광객들이 늘 찾는 곳보다는 사람들이 많이 가보지 않았던 어느 동네를 찾아
다니는 걸 좋아한다. 거창한 건물들과 멋진 유적지도 좋지만 누군가가 매일 살
아가는 흔적이 묻어난 곳들을 가는 게 좋다. 그런 곳을 거닐거나 잠시 앉아 시
간을 보내는 것만으로도 그곳에 살아보는 것 같은 기분이 든다.

광명역 어딘가에서 하루종일 누워 비행기를 구경했던 날

구일역 코스모스 밭에 누워 30분을 기다렸던 비행기

누군가 나에게 1년 중 가장 좋아하는 때가 언제냐고 물어보면 나는 늘 4월 첫째 주라고 대답한다. 4월 첫째 주는 사실 봄이라고 하기엔 조금 쌀쌀한 날씨라서 바깥에는 패딩을 입고 안에서는 셔츠를 입는 사람들이 대부분이다. 그리고 생각보다 벚꽃이나 매화 같은 것들이 피지 않아서 뭐랄까, 아직 겨울 같은 느낌은 많이 남아 있다. 하지만 아주 조금 따듯해진 날씨인데도 불구하고, 겨울에서 커다란 변화가 온 것 같은 기분이 든다. 그리고 새로운 계절이 시작되고, 1년이 시작되었다는 느낌이 들어서 앞으로 다가올 예쁜 꽃들과 나무, 계절들이 기대되고 온통 설레는 기분이 가득 찬다. 그래서 4월 첫째 주가 나는 제일 좋다.

음식은 자극적이고 강한 것들을 좋아하지만, 날씨의 경우 그다지 덥거나 춥지 않은, 아주 밋밋한 날씨를 조금 더 좋아한다. 그런 날에는 거리를 걷거나 누군가를 만나면 특별히 좋은 일이 생기지 않아도 그날은 매우 기분 좋은 날이나 행복한 기억을 가진 날들로 기억되곤 한다. 날씨가 더워서 티셔츠가 땀에 젖어 짜증 날 일도 없고 추워서 손발이 꽁꽁 얼어 힘들 필요가 없으니까. 내가 좋아하는 계절을 알아가는 것만으로도 삶은 더욱 행복해지는 것 같다.

노을이 예쁘게 지는 날 ktx 출구 창문을 보고 있으면 예쁜 풍경들이 아주 빠르게 지나치는 모습을 볼 수 있다. 이 사진 역시 기차에서 찍은 사진인데, 핸드폰으로 셔터 버튼을 꾹 누르고 있으면 차라락-! 하는 소리와 함께 연속 사진이 찍힌다. 물론 화장실에 가려는 사람이나 표를 검사하는 역장님께서 복도를 지나다닌다면 잠시 동안은 사진을 찍을 수 없지만, 그런 변수 또한 이곳에서 사진을 찍는 재미다. 그리고 나서 가슴 졸이게 사진을 확인하면 어느 사진은 하얗게 나오고 어느 사진은 볼품없이 어둡게 나오기도 한다. 그런 사진들 중 가끔은 아주 예쁘고 아름다운 사진 하나를 찍게 되면 그날 집에 돌아와 잠이 들 때까지 귀중한 보석을 땅에서 찾게 된 느낌이 든다. 그날은 잠도 잘 오고 아주 뿌듯한 하루가 된 것 같이 느껴진다.

무엇인가를 이루어 냈을 때 보다 그 과정이 더 즐거울 때가
있다. 예를 들면 몹시 추운 겨울날 좋아하는 사람과 카페에
앉아 "봄이 온다면 뭘 할까?"라는 별것 아닌 계획을 세우며
도란도란 이야기 나누는 순간들 말이다.

일본 교토에 가면 참 좋아하는 풍경들이 몇가지 있는데, 그 중 하나는
가모강에 앉아있는 사람들의 모습이다.

5년 전. 맨 처음 교토 여행을 짰을 때, 설레고 즐겁던 기억이 그대로 이
곳에 남아있어 이곳을 찾을때면 늘 가모강을 찍는다. 이 곳을 찍다보면
잠시 그때 생각이 난다.

20대 초반, 패키지여행이 아닌 자유여행으로 처음 떠났던 나라는 일본이다. 그중에 도시는 교토, 그 당시 교토에 처음 갔을 때는 눈이 휘둥그레질 정도로 모든 것이 예쁘다고 생각했다. 바람도 좋았고 날씨도 봄이어서 보기도 딱 좋았다. 그래서 그런지 교토역에 도착하고, 표를 찍고 나오는 순간이면 무언가 그때 시절로 돌아간 것 같은 느낌이 든다. 그 이후 참 많이도 교토 역을 찾아와서인지, 이제는 사실 신기할 것도 없고, 새로울 것도 없지만 늘 이곳에 오면 모든 것이 새로웠던 풋풋한 기억이 떠올라서 이곳을 자주 찾는다. 그 느낌이 너무 좋다.

어릴적 기억이 남아서일까.

왠지 골목 끝에는 내가 모르는 재미난 것이 가득한 것 같은 기분이 든다. 여행을 가도 마찬가지인데 보통 사람들이 많이 가는 곳보다는 처음 가보는 골목을 돌아다니는 걸 좋아한다. 핸드폰 하나만 가지고 사진을 찍으며 이리저리 돌아다닐 때 대부분은 이상하고 별것 아닌 것들을 만나지만, 가끔씩은 정말 멋진 풍경이나 재미있는 장면들을 발견할 때가 있다. 그런 풍경, 거리를 보면 정말 기분이 좋고 운이 좋은 날이라고 생각된다. 물론 발견하지 못했다고 실망할 건 아니다. 그것도 나름 재미있으니까.

날이 예뻤던 교토 동물원 근처의 어느 골목

青木クリーニング

교토의 어느 소박한 풍경

아주 추웠던 겨울, 예쁜 자전거를 타고 가던 사람.

여행지에 가면 그 나라 사람들이 사는 모습을 관찰하는 게 재미있다. 그 나라 사람들
이 출근하는 방법, 대중교통을 이용하는 모습, 점심시간에 밥을 먹는 모습, 퇴근 후 집
으로 향하는 풍경. 이런 일상적인 풍경들을 지켜보면 내가 사는 곳과는 참 많이 다르
지만, 그 속에서 나의 일상과 비슷한 모습을 찾는 게 꽤나 재미있다.

사람들에게 잘 알려진 관광지에 가는 걸 별로 좋아하지 않는다. 물론 멋진 풍경이나 멋진 건물들을 보는 게 즐거울 때도 있지만, 그다지 내 호기심을 자극하지는 못한다.

내가 여행을 떠나는 이유는 사람들이 살아가는 방식, 이동 수단, 음식, 오고 가는 거리 등 그 나라 사람들의 삶을 알아가는 게 재미있다. 그런 것들을 하나씩 겪어 나가다 보면 어느새 그 나라 사람이 된 것 같은 기분이 잠시나마 든다. 그러면 정말 '떠나왔다'라는 마음이 들기도 하고 평소 내가 갖고 있던 고민이나 슬픈 것들이 별일 아니라고 느껴진다.

보통은 힘든 일이 있거나 복잡한 생각이 머리에 가득 찼다면 짧게라도 여행을 떠나곤 한다. 여행이 주는 것은 새로운 것, 신기한 것, 즐거운 깃들이 있지만, 내가 갖고 있는 것을 놓게 해주는 힘을 갖고 있다. 그래서 도저히 놓지 못하는 것이 있다면 무작정 여행을 떠난다. 그러면 대단하던 일들도 대단하지 않게 느껴지고, 별 의미 없이 느껴진다.

어느 늦봄의 후쿠오카 가정집

좋아하는 사람이 있다면 좋은 날씨에 손을 잡고 걸어보자.

주제 없는 이야기들을 나눠도 아주 행복하다.

일본, 나라의 골목길

교토 여행 때는 언제나 찾는 카모강

어떤 나라 학생들의 등굣길이나 하굣길 풍경을 구경하는 걸 좋아한다. 이런 풍경을 좋아하게 된 이유가 있는데, 몇 년 전 일본 여행을 떠날 때, 잡았던 숙소가 한 고등학교의 등굣길 중간에 위치해 있었다. 그래서 아침에 숙소를 나오면 일본 학생들의 등교하는 모습을 매일 보게 되었는데, 그 학생들이 학교에 가면서 나누는 대화나 주제를 알아듣는 불가능했지만, 이야기를 나누는 분위기, 웃음소리, 말투 같은 것이 나의 학창시절의 풍경과 닮아서 신기하고, 마치 어린 시절로 돌아간 것 같은 기분이 들었다. 언어가 다름에도 나의 어린 시절과 비슷한 것을 느끼니까 신기하기도 하면서 오랜 시간 기억에 남았다. 그 이후로 여행을 가면 그 나라 학생들의 등하교 풍경을 구경하는 걸 좋아한다.

교토 노면전차의 종착역 마을

교토의 어느 소박한 거리

정확히 서른한 살이 되고 난 뒤 사진 찍는 일들에 예전처럼
큰 흥미를 느끼지 못했다. 왜 그런가 하고 곰곰이 생각해 봤
는데, 예전엔 열심히 사진을 찍어야지!라는 생각을 가지며
살았고, 그게 맞는다고 생각했지만, 사진을 찍는다는 것은 절
대로 의무감으로 할 수 없는 것을 최근에야 깨닫게 되었다.
'찍어야 해' 혹은 '써야만 해' 같은 마음들로 똘똘 뭉쳐있으
니 잘 써지거나 찍힐 리가 있나. 그래서 요즘은 '해야만 하는
것'을 어떻게 해야 더 잘해낼 수 있을지 와 같은 고민으로 가
득 차 있다.

교토역 부근

교토 노면전차의 출발역

다른 나라에 가면 택시보다는 버스나 지하철을 타는 걸
좋아한다. 편리한 택시도 좋지만, 버스나 지하철을 타면
그 나라 사람들의 말투, 살아가는 방식, 냄새, 차창 밖으
로 보이는 풍경 같은 것들을 더 자세히 느낄 수 있고, 그
나라 사람들의 일상에 잠시 들어간 것 같은 느낌이 들기
때문이다.

나는 보통 가슴이 두근거리는 것들을 어딘가에 적어두는 편이다. 예를 들어 집으로 돌아가는 지하철에 앉아 바라본 맞은편 창문의 하늘, 예쁜 노을이 비친 빨간색 구름, 5월의 따듯한 초여름이 되어 집을 나설 때 느껴지는 기분 좋은 냄새와 초록색 나무들, 좋아하는 사람과 함께 여행을 가려고 공항으로 가는 길, 여름의 오후 6시가 되면 느껴지는 더위와 노을빛이 내려앉은 아름다운 거리. 버스 창가에 앉아 바라보는 풍경들 말이다.

이런 사소한 것들을 하나하나 적어두고 기억하려고 애쓰다 보면 어느 순간, 평소 내가 보지 못했던, 혹은 감동받지 못했던 일상의 지나치는 것들까지 아름다워 보일 때가 있다. 그러면 다른 사람과 공평하게 시간을 살아도 더 많은 감동을 누릴 수 있게 되는 풍요로운 사람이 되는 것처럼 느껴진다.

교토 어느 버스 창가에서

교토에서 정처 없이 걷다 만난 풍경

여름을 좋아하는데는 크게 2가지 이유가 있다.

첫 번째, 겨울에서 봄이 지나 여름이 되면 일단 무채색의 거리가 초록색으로 가득 차오른다. 그래서 골목골목을 걸어 다닐 때마다 아름답다고 느낀다.

두 번째, 아주 아름다운 노을을 길게 볼 수 있어서 좋아하는 사람과 아주 오랫동안 천천히 한강에서 이야기를 나눌 수 있어서 좋다.

나라역으로 가던 기차 안에서

매일 같은 시간에 자고 일어나도 하루를 시작하는 기분은 매일 다르다. 기분이 좋거나
무난한 날들이 대부분이지만, 그 와중에는 기분이 정말 안 좋거나, 우울하거나, 때로는
너무 예민한 그런 날이 있다. 나의 경우, 보통 비가 오는 날이 그러한데, 이런 기분은
보통 비가 오기 전날부터 시작된다. 비가 오기 전날이면 머리가 띵하거나, 몸이 아프거
나, 혹은 여러 가지 걱정거리가 생겨나곤 한다. 이건 어느 기분이나 징크스 따위가 아니
라 정말 육체적으로 몸이 안 좋아진다. 그러다 보니 이제는 비가 오기 전날이면 무의식
적으로 스스로를 달래곤 한다. 예를 들면 무언가 일이 잘 풀리지 않아도, 그냥 "원래 그
런가 보지." 혹은 "그럴 수도 있지." 하면서. 내가 나임에도 나를 달래는 법을 구체적으
로 알고 있는 것이 참 중요한 것 같다.

아라시야마에서 가와라마치로 돌아가던 지하철

교토에서 간사이 공항으로 가던 길, 그림같은 풍경에 그림같은 집을 담았다.

가을에는 가끔 서글픈 느낌이 들기도 한다. 좋아하는 계절들이 지나가서일까. 길거리에 나무나 바닥에 자라난 풀 같은 것들이 시들고 있으니 마치 다 죽어가는 것 같이 느껴지기도 한다.

교토 어딘가에서 자전거를 타고 집으로 가던 아이들, 웃음소리가 오랫동안 들렸다.

새벽 숙소 창문. 아침에 일찍 일어난 보람이 있었다.

계절이라는 것 자체가 좋다.

계절이 가지고 있는 각각의 색감.
그 안에 담고 있는 모든 의미들을 좋아한다.

20대 초반 즈음에 나는 사진이 아닌 노래를 전공했었다. 그땐 월 12만원의 2평 남짓한 장안동의 지하 작업실에서 대부분의 하루를 보냈었는데, 딱히 정해진 일정 같은 것이 없던 터라 연습을 하다 배가 고프면 작업실을 나와 좋아하던 떡볶이와 햄버거를 먹거나, 작업실 근처 맛있는 백반집에서 밥을 먹기도 했다. 그러다 오후가 되면 옆 동네까지 걸어서 중랑천을 구경하거나 날씨가 좋은 날에는 노을 지는 풍경을 구경하곤 했었다. 그게 나의 20대 초반의 하루 일과였다.

그 당시 나는 아주 열심히 노래 연습을 했다. 하지만 그 외에는 할 수 있는 일이 없어서 돈을 벌지도 못했고, 고민도 많았다. 그리고 당시의 나는 가진 것이 없었기 때문에 내가 누리고 있는 행복이 전혀 없다고 생각했다. 그래서 그때는 활짝 웃는 얼굴보다 찌푸려진 얼굴로 대부분의 하루를 보냈던 것 같다.

하지만 몇 년이 지난 지금, 그때를 생각해보면 힘든 일들도 참 많았지만 그 시간 속에서도 아름다운 것들을 보고 느낄 수 있는 풍족함이 분명 내게도 있었던 것 같다. 그때는 겨울이 지나고 봄이 되어 따뜻한 바람이 불면 살랑거리는 바람을 느끼며 이 동네 저 동네를 털레털레 돌아다니며 봄 구경을 했고, 가을이 오면 두툼해진 옷을 입고 나가 선선해진 풍경을 감상하거나 산책로에 쌓여있는 낙엽들을 마음껏 구경하기도 했다. 그리고 저녁 8시 즈음이 되면 햄버거를 먹으며 15분마다 오는 2112번 버스를 기다렸고, 시간을 놓쳐서 다음 버스를 기다려야 했던 그때도 그럭저럭 별문제는 없었던 것 같다. 물론, 그때는 그 풍족함을 알지 못했지만, 지금 와서 그때를 생각해보면 나름대로 아름다운 시간을 보냈던 것 같다.

이렇게 지나간 시간들을 떠올려보면 지금의 나도 분명히 아름다운 것들을 누리고 있을 것이라고 생각한다. 막상 지금은 찾으려 해도 잘 보이지 않지만, 그래도 시간이 지나서 빛날 것들, 소중한 것들을 요즘 내 주변에서 열심히 찾아보는 중이다. 물론 그것들을 갑작스레 찾게 되거나 갑작스레 엄청난 행복이 오지는 않겠지만, 내가 누리는 것들을 찾는 시간을 갖다보면 그게 무엇인지 명확하게 찾아내지는 못하더라도 조금씩 나의 지금이 풍족해지는 것 같은 느낌이 든다. 그래서 요즘은 지나간 것들보다는 나의 지금에 더 집중하는 중이다.

후쿠오카 공항에서 만났던 비행운과 달

길을 잃어버렸던 교토 여행 중 노을도 아름다웠지만,
가장 기억에 남는 건 달 하나와 강아지 두 마리.

교토에서 만났던 손톱달

길을 잃어버렸던 교토에서, 어느 대학가 골목인 것 같다.

숙소로 향하던 길, 거의 밤인데도 노을이 조금 남아있었다.

3. 홋카이도

사진을 찍기 시작한 이후부터 다음 계절에는 무엇을 찍을까? 매번
이런 생각으로 가슴이 부풀게 되었다. 그렇게 가슴이 부풀고 설렐
때면 마치 첫 여행을 떠나는듯한 기분이 든다.

삿포로 여행을 가면 눈이 쌓인 건물들과 자판기에 쌓인 눈이 마치 모자 같은 형태를 하고 있다. 그래서 어떤 자판기는 무스를 잔뜩 바른 앞머리(일명 김무스) 같은 모양새를 하고 있고, 어떤 자판기는 왕처럼 커다란 모자를 쓰고 있는 경우도 있다. 그래서 자판기를 볼 때마다. "이건 왕이다."라든지 "이건 야구모자다." 같은 이름을 붙이면서 돌아다녔는데, 넓은 눈 들판에서 혼자 이런 소리를 하고 있으니까, 바보 같아 보이면서 눈으로 보이는 자판기나 집들이 전부 귀엽게만 보였다. 여행 내내 피식피식 웃음이 나왔다. 정말 귀여운 동네다.

비에이 마을에 있는 귀여운 노란 건물

공항에서 착륙했을 때 눈으로 뒤덮힌 풍경은
삿포로가 처음이었다.

삿포로는 눈이 정말 많이 온다. 보통 도시에서 눈이 오면, 반나절이면 까맣게 변하곤
하는데 여긴 계속 하얀 눈이다. 이곳의 눈을 치우는 사람들은 정말 힘들겠다.

흰수염폭포 근처에 있는 우체통

비에이 역에서 밥 먹으러 가는 길

오타루역에 있는 어느 집

마음이 편안해진다는 것

눈이 가득한 곳에 서 있으면 마치 바다 앞에
혼자 서 있는 것 같은 기분이 든다. 마음이
편안해지는 곳을 하나 더 찾아서 행복하다.

비에이 마을의 어느 차고

비에이 마을에서는 도로에서 건너편을 보면 항상 이런 식이다. 눈이 이만큼
쌓여있어서 건물이 반밖에 보이지 않고, 다 큰 성인들도 머리만 둥둥 떠다니
며 움직이는 것처럼 보인다. 그런 것들이 특히 귀엽게 느껴졌다.

홋카이도 대학교의 자전거 주차장

홋카이도 대학교의 어느 건물

19년도에는 삿포로에 총 두 번 방문했다. 원래 맛있는 음식점은 또 가는 편이고 좋아하는 여행지도 두 번 가는 편이지만 이번 삿포로는 평소의 습관보다 더 빨리 다녀왔다. 무려 다녀온 지 바로 2주 후에 다시 가게 되었는데, 그 이유는 처음 삿포로 신치토세 공항에 착륙했을 때 눈으로 뒤덮인 너무 아름다운 풍경 때문이기도 했고 동시에 내가 좋아하는 사람과 함께 온다면 얼마나 행복할까? 라는 아쉬운 감정이 들었기 때문이었다. 한국에 돌아와서도 그런 아쉬움을 지우지 못해 좋아하는 사람과 함께 다시 방문한 것이다. 혼자 느끼는 행복도 정말 중요하지만 좋아하는 사람과 좋아하는 시간을 함께 보낸다는 것은 나 혼자서 겪을 수 있는 어떠한 행복보다도 크다는 것을 처음으로 가본 삿포로 여행에서 깨달았다. 요즘은 그래서 '혼자'라는 말보다 '함께'라는 말이 더 좋다.

일본 삿포로 여행을 가면, 사람들은 보통 시내 쪽으로 여행을 가는데 삿포로 역에서 기차로 2~3시간 정도를 가면 비에이라는 곳에 도착한다. 이곳은 겨울이 되면 눈이 끝도 없이 내리는데, 어디를 가고 무엇을 봐도 흰색 눈들이 쌓여있다. 보통 사람의 허리만큼 쌓이는 게 일반적이라고 하던데, 우리나라에 비하면 엄청 많이 오는 것이다. 비에이에 가면 우리가 평소 신고 다니는 운동화나 구두 같은 것은 바로 젖기 십상이고, 기다랗고 두꺼운 부츠 같은 것을 신어야 편안하게 다닐 수 있다.

처음 비에이를 가서 한 시간 정도 걸어 다니며 느낀 것은 눈이 예쁘고 신기하다가도, 계속 걸어 다닐수록 너무 조용한 곳이라는 게 느껴졌다. 보통 비가 오면 빗소리가 아주 귀를 시끄럽게 하지만, 눈이 오면 아무 소리도 들리지 않는다. 그리고 이곳저곳 눈이 많이 쌓여서인지, 사람들 걷는 소리도 자동차 움직이는 소리도 전혀 들리지 않아서 너무 조용하다. 그래서 비에이에서 느낀 것은 고요함이다. 이곳에 있다 보면 생각이 멈추고 모든 게 편안해진다. 마치 잔잔한 바다를 보는 것과 같은 기분이 든다.

청의 호수

비에이에는 크리스마스트리라는 이름을 가진 나무가 있다. 내가 여행을 갔을 땐
아주 흐린 날씨여서 파란 하늘은 물론이고, 구름이나 저 멀리 있는 집 같은 것들
도 전혀 보이지 않았다. 마치 끝도 없는 바다를 보는 느낌이었다. 바다는 파도라
도 볼 수 있지. 흐리고 눈 오는 비에이에서는 정말 아무것도 보이지 않았다. 그
풍경이 답답하고 무섭다가도, 시간이 조금 지나고 나니까 아주 넓은 바다에 둥둥
떠 있는 듯한 느낌이 들었다. 그래서 마음이 점점 편안해졌다.

눈이 아주 잘 보이는 숙소에 머무르며 하루 종일 풍경을 구경했다.
마음이 따뜻하게 녹아내리는 느낌을 받았다.

'후라노'라는 지역을 방문했을 때, 조금 더 조용한 곳에 머물고 싶어서 도심보다는 외딴 지역에 있는 펜션을 갔다. 하루에 20만 원이 넘는 제법 비싼 가격의 펜션이었는데 그 숙소의 방과 복도 에는 엄청 커다란 창문이 있었다. 덕분에 굳이 밖에 나가지 않 아도 멋지게 눈이 쌓인 풍경을 실컷 구경할 수 있었다. 내가 자 는 곳은 2층이었는데, 1층에서는 6시 30분이 되면 저녁을 먹 을 수 있었다. 언제나 일찍 밥을 먹는 우리는 아주 배가 고픈 채 로 6시부터 내려와 식탁에서 20분 정도를 기다렸는데, 그때 펜 션의 주인으로 보이는 분이 나타났다. 아주 좋은 인상의 남성분 이었는데 정성스럽게 주방에서 요리를 만들어 친절하게 음식을 가져다주신 것이다. 만들어주신 음식은 우리나라의 찜닭과 비 슷한 모양새였는데, 통으로 닭 한 마리가 찜기에 그대로 들어간 채 주변에는 감자와 당근, 버섯 같은 먹음직스럽고 예쁜 채소가 들어가 있는 요리였다. 음식을 입에 넣는 순간 우리는 너무 맛 있어서 신기해했다. 생전 처음 보는 맛이라고 놀랐던 것 같다. 그렇게 한참을 먹다 배가 불러올 때 즈음 창문 밖으로 풍경을 보니 마치 끝도 없이 펼쳐진 눈밭 위에서 맛있는 음식을 먹은 기분이 들었다. 내가 지금 자연에 머물고 있다는 느낌이 들어, 이 숙소에 머무는 순간순간이 참 좋았다.

신치토세 공항에서 삿포로 역으로 가는 기차

삿포로 숙소 아침풍경

비에이의 노을

닝구르 테라스의 노을

내가 기억하는 가장 좋았던 것

언젠가 비에이, 후라노 쪽으로 겨울 여행을 가게 된다면 기차를 타서 여행하는 것을 추천한다.(단, 한 번만) 이 지역은 눈이 많아서 택시도 거의 없고 대중교통으로 어딘가를 이동하는 것도 오래 걸린다. 그러므로 당연히 렌터카를 이용한 여행이 좋겠지만, 이 지역에서 기차 여행을 추천하는 이유는 기차가 주는 매력이 엄청나기 때문이다. 이 지역에서 기차를 타고 창밖을 보고 있으면 어디에서도 볼 수 없었던 아름다운 설경이 펼쳐지는데, 그 풍경들을 멍하니 보고 있으면 어떤 기분 좋은 멜로 영화를 한 편 보고 있는 기분이 들기도 하고 가끔은 그림 속에 들어와 있는 것 같은 착각이 빠지기도 한다. 게다가 역과 역 사이의 거리도 제법 멀어서 작은 사색에 잠기기도 아주 좋다.

누군가 나에게 비에이와 후라노에서 가장 좋았던 기억이 무엇이냐 물어보면 기차에서 멍하니 창밖을 보는 거요! 라고 말할 수 있을 것 같다.

후라노의 눈밭

후라노에서 묶었던 숙소

여행을 가면 새벽 풍경을 보는 걸 좋아한다. 믿기 힘들겠지만,
그 나라마다 하늘색이 전부 다른 것처럼 보인다.

4. 보라카이, 발리

여름에 느껴지는 노을은 뭐랄까. 지독하게 푹푹 찌는 시간이 지나고, 잠시 휴식시간을 주는 느낌 같다. 달콤한 케이크를 건네주면서 이거 먹어, 오늘 수고했어,라고 건네는 것 같이 느껴진다.

인도네시아의 넓은 해변을 거닐다 보면 바다와 구름 말고는 잘 보이는 게 없다. 살면서 이렇게 많은 구름을 본 적이 없었는데, 이곳에서 평생 볼 구름을 죄다 보고 가는구나라고 생각했다. 젖은 바닥으로 하늘의 구름이 너무 잘 비쳐서 땅에 담겨있는 구름을 찍기도 했다. 멋진 하늘을 두고 바닥을 찍고 있는 내 모습이 웃겨서 한참을 혼자 웃었다.

발리 스미냑의 어느 골목길

스미냑, 밥 먹고 해변가는 길

바닷가 근처에 숙소를 잡고 며칠이고 나가지 않고 누
워있던 적이 있었다. 숙소 안에서는 자나 깨나 파도치
는 소리가 들렸는데, 파도 소리가 시끄럽다고 생각해
본 적이 한 번도 없었다. 오히려 편안함을 주었던 것
같다.

인도네시아에서 봤던 예쁜 노을

스미냑의 예쁜 노을과 멋진 사람들

스미냑 해변의 멋진 풍경

인도네시아 발리에서 만났던 달

보라카이 첫날 아주 아름다웠던 풍경

스미낙 해변, 아름다웠던 사람들

보라카이 마지막 날 노을풍경

인도네시아 해변에서 마주쳤던 두 사람, 구름속으로 들어가는 것처럼 보였다.

노을지는 바다.

언제든지 눈을 감아도 생각날 수 있도록 아주 오랜시간 보고 있었다.

바다에 가면 작은 고민들이 사라진다. 금방이라도 세상 끝날 것 같은 얼굴을 하고 온갖 고민을 짊어진 채 바다에 도착하면 끌어안고 있던 고민들은 "그게 다 무슨 소용이야"라는 생각을 띄며 살살이 흩어진다.

인도네시아에서 마주친 노을, 카메라와 노을이 조화를 이루었다.

스미낙 해변에서 만난 멋진 구름 해일, 달은 합성이다.

마치며

사진을 찍기 시작한 이후로 삶이 풍요로워진 것을 느낀다. 불과 몇 년 전만 해도 아무 생각 없이 지나치는 풍경과 계절들이었는데, 이제는 나를 가장 행복하게 만드는 것들이 되었다.

BOOKRUM
PUBLICATION

무엇으로부터 위로받으세요?

초판 1쇄 발행 2019년 3월 06일

지은이 | 장동원
사　진 | 장동원
발행인 | 정영욱
기　획 | (주)BOOKRUM
책임편집 | 김　철
디자인 | 김　철
발행처 | 부크럼 출판사

주　소 | 서울특별시 구로구 구로동 237 지하이시티 1813호
전　화 | 02-6959-9998
이메일 | editor@bookrum.co.kr
홈페이지 | www.moondeuk.com

ISBN : 979-11-6214-276-9